.E A PARIS

Le Jeudi 16 Juin 1910

Hotel Drouot, Salle n° 8

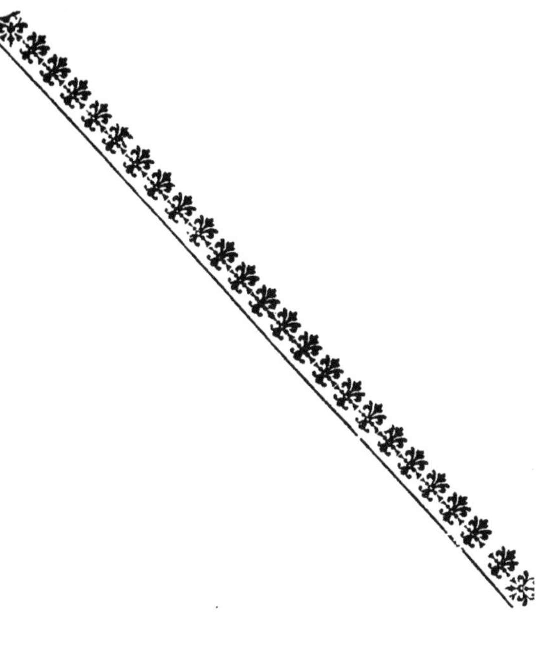

Monnaies Romaines

MONNAIES FRANÇAISES ET ÉTRANGÈRES

MÉDAILLES. JETONS

COMMISSAIRE-PRISEUR :	EXPERT :
Me Émile BOUDIN	M. Étienne BOURGEY
14, rue de la Grange-Batelière	7, rue Drouot, 7

PARIS

Adresse Télégr. ÉTIENBOURG-PARIS

Monnaies Romaines

MONNAIES FRANÇAISES & ÉTRANGÈRES

MÉDAILLES. JETONS

VENTE AUX ENCHÈRES PUBLIQUES

A PARIS, HÔTEL DES COMMISSAIRES-PRISEURS, RUE DROUOT, 9

SALLE N° 8, AU PREMIER ÉTAGE

Le Jeudi 16 Juin 1910

A DEUX HEURES PRÉCISES

EXPOSITION PUBLIQUE UNE HEURE AVANT LA VENTE

COMMISSAIRE-PRISEUR :	EXPERT :
Me Emile BOUDIN	M. Etienne BOURGEY
14, Rue de la Grange-Batelière	*7, rue Drouot, 7*

PARIS

Adresse télégr. ETIENBOURG-PARIS

Exposition particulière :

Le Mercredi 15 Juin 1910, chez M. Etienne BOURGEY, expert, 7, rue Drouot. (Téléphone 274-64).

Exposition publique :

Le Jeudi 16 Juin 1910, Hôtel des Ventes, Salle 8, une heure avant la vente.

La vente aura lieu au comptant.

Les acquéreurs paieront dix pour cent en sus des enchères.

L'authenticité des piéces est garantie.

M. Etienne BOURGEY, 7, rue Drouot, se charge d'exécuter les commissions qui lui seront confiées.

L'ordre du catalogue sera suivi ou non. L'expert se réserve le droit de diviser ou de réunir les lots.

MONNAIES ROMAINES

1 **Romano-Campaniennes**. (1) Tête de Mars à g. ℟. ROMANO. Tête de cheval à dr. (4). Arg. B.

2 Tête de Pallas à g. ℟. Tête de cheval à dr. 5). — Autre. Tête de cheval à g. — Tête casquée à dr. ℟ Tête de cheval à g. 2 variétés. — Autre. Tête de cheval à dr. PB. — Ens. 5 p.

3 Tête de Janus. ℟. ROMA incuse. Jupiter dans un quadrige à dr. 23). Didr. Arg. TB.

4 Variété avec ROMA en relief (24). Didr. Arg. TB.

5 Tête d'Apollon à dr. ℟. Lion à dr. (9 var.). — Louve à dr. ℟. Corbeau (20). Sextans. — Protomé de cheval à dr. (35). Br. — Ens. 3 p.

6 Tête d'Apollon à dr. ℟. ROMA. Cheval à g. (37. Arg. B.

7 Mêmes types (39). — Buste tourelé. ℟. Cavalier (43). — Tête de Pallas. ℟. les Dioscures (45 varié, petit module). Br. — Ens. 3 p. B. et TB.

8 **République**. Tête barbue de Janus. ℟. Proue à dr.; au-dessus, I (51). As libral. Br. 60 mm. Beau.

9 Tête laurée de Jupiter à g.; dessous, S. ℟. Proue à dr., dessus, S (52). Semis. Br. 52 mm. Beau.

10 Tête casquée de Rome à g.; dessous, 4 globules. ℟. Proue à dr.; dessous, 4 globules (53). Triens. Br. 43 mm. Beau.

11 Tête d'Hercule à g.; derrière, 3 globules ℟. Proue à dr.; dessous, 3 globules (54). Quadrans. Br. 40 mm. Beau.

12 Tête de Rome. ℟. Les Dioscures (2). Denier. — Tête de Jupiter. ℟. Victoire (9). Victoriat. Arg. — Ens. 2 p. TB.

13 Tête de Rome à dr. ℟. Victoire dans un bige à dr. (6). Denier. Arg. TB.

14 Tête de Mercure à dr. et 2 globules. ℟. Proue (18). Sextans. 29 mm. — Tête de Rome à g. et globule (19). Once. 25 mm. Br. — Ens. 2 p. B.

15 Même type (18). Br. 25 mm. B. Patine vert-clair.

16 As avec symbole (38). 2 variétés. — Sextans avec MA liés (44). — Semis (50). Br. — Ens. 4 p. B.

17 Semis réduit. — Triens (51) et réductions. Br. — Ens. 4 p. B.

18 Quadrans (52) et réductions. 3 variétés. — Sextans (53). Variété sans globules. Br. — Ens. 4 p. B.

---

(1) Les numéros entre parenthèses sont ceux de l'ouvrage de M. E. Babelon *Monnaies de la République Romaine.*

19 Sextans (53) et réduction. Variété réduite sans globules. — Semis réduit. Br. — Ens. 4 p. B.

20 Quadrans réduit. Br. 3 variétés. — Tête d'Apollon ℞. Jupiter (226). Denier. Arg. — Ens 4 p. B.

21 **Familles Romaines**. *Aburia*. Buste de Mercure à dr. ℞. C. ABVRI. GEM. ROMA. Proue et 2 points (4). Sextans. Br. TB. Rare.

22 Même revers (3). Quadrans. Br. *Asinia*. Auguste. (2 et 3). MB. — Ens. 3 p. B.

23 *Atia*. ATIV... BVS. PR. Tête nue à g. ℞. SARD... Tête emplumée à dr. (1). MB. Barbare. Rare.

24 *Betiliena*. Enclume (1). PB. *Caecilia*. Semis (4 var.). — As (8). — Quadrans (26). Br. — Ens. 4 p. B.

25 *Calpurnia*. Auguste (40). MB. *Canidia*. Crocodile. ℞. CRAS. Proue (2). MB. — Ens. 2 p. AB et B.

26 *Cassia*. Auguste (23). MB. *Clovia*. As (6). Br. — Ens. 2 p. B.

27 Victoire (11). MB. *Cornelia*. Quadrans (9). Br. — Enclume (85). PB. — Ens. 3 p. B.

28 *Curiatia*. Tête de Jupiter à dr. ℞. CVR. F. Proue (7). Semis. Br. B. Rare.

29 *Fabrinia*. Semis (1). — Quadrans (3). Br. — Ens. 2 p. B.

30 *Fannia*. Tête de Jupiter à dr. ℞. M. FAN. C. F. ROMA. Proue (2). Semis. Br. B. Rare.

31 *Gallia*. Auguste (3). MB. *Gargilia*. Tête de Janus. ℞. GAR. OGVL. VER. Proue à g. (7). Br. — Ens. 2 p. B.

32 *Gellia*. Tête de Pallas à dr. ℞. CN. GELLI. ROMA. Proue (4). Triens. Br. TB. Rare.

33 *Julia*. Enclume (344). PB. *Junia*. As (23). *Luria*. Auguste (2). MB. *Maecilia*. Auguste (3 et 4). MB. — Ens. 5 p. B.

34 *Maria*. Tête de Pallas à dr. ℞. Q. MARI. ROMA. Proue (3). Br. B. Rare.

35 *Memmia*? Tête de Janus. ℞. MEMMI (?) Proue (3). As. Br.

36 *Minucia*. Quadrans (6). Br. *Naevia*. Enclume (13). PB. — Ens. 2 p. B.

37 *Numitoria*. Tête d'Hercule à dr. ℞. C. NVMITORI. ROMA. Proue (4), Quadrans Br. TB. Rare.

38 *Pompeia*. As (20). Br. *Rubellia*. Enclume (1). PB. *Salvia*. Auguste (3 et 4). MB. — Ens. 4 p. B.

39 *Sempronia*. As (3). Br. *Silia*. Lituus (2). — Enclume (3). *Statilia*. Lituus (1). — Mains jointes (2). — Enclume (3). PB. — Ens. 6 p. B.

40 *Terentia*. As (4). Br. *Valeria*. Enclume (29). PB. *Vargunteia*. Quadrans (4). *Vibia*. As (11). Br. — Ens. 4 p. AB et B.

41 Tête de Janus. ℞. Trois proues; devant, bonnets des Dioscures (10). As Br. B. Patine vert-clair.

42 *Accoleia*. Buste d'Acca Larentia à dr. ℞. Trois nymphes en cariatides (1). Arg. TB.

43 *Acilia*. La Santé (1). *Aemilia*. Le roi Arétas (8). — Persée captif (10). Arg. — Ens. 3 p. B et TB.

44 *Antia*. Tête d'Antius Restio (1). *Antonia*. Tête d'Antoine. ℞. Tête de César (5). Arg. — Ens. 2 p. AB. Rares.

45 Tête d'Antoine à dr. ℞. Tête d'Octave à dr. (51). Arg. TB.

46 Victoire dans un quadrige (1). — Tête du Soleil (80). — 16e légion (126). — 22e légion (137). Arg. — Ens. 4 p. B.

47 *Appuleia*. Saturne (1). *Atilia*. Victoire (1). — Les Dioscures (9). Arg. — Ens. 3 p. TB.

48 *Axsia*. Tête de Mars. ℞. L. AXSIVS. L. F. Diane dans un bige de cerfs (2). Arg. B. Fourrée. Très rare.

49 *Caecilia*. Bige et tête d'éléphant (38). — Lituus et praefericulum (44). *Caesia*. Les dieux Lares (1). *Calpurnia*. Cavalier (11). Arg. — Ens. 4 p. B et TB.

50 *Carisia*. Victoire (2). — Sphinx (10). — Tête nue d'Auguste à dr. ℞. Trophée (18). Arg. — Ens. 3 p. AB et B.

51 *Cassia*. Tête de Liber à dr. ℞. Tête de Libera à g. (6). — Aigle (7). — Citoyen votant (10). *Claudia*. Victoire (1). Arg. — Ens. 4 p. B.

52 Tête d'Apollon. ℞. P. CLAVDIVS. M. F. Diane de face, tenant deux torches (15). Arg. FDC.

53 *Cœlia*. Bige de la Victoire (2). *Cordia*. Têtes des Dioscures (1). *Cornelia*. Double corne d'abondance (33). — Globe et gouvernail (54). Arg. — Ens. 4 p. B.

54 Buste de Vénus. ℞. Trois trophées (63). Arg. TB.

55 *Crepereia*. Buste d'Amphitrite à dr. ℞. Q. CREPEREI. Neptune à dr. dans un bige d'hippocampes (1). Arg. B. Très rare.

56 *Crepusia*. Cavalier (1). — *Critonia*. Deux édiles assis à dr. (1). — *Cupiennia*. Les Dioscures (1). Arg. — Ens. 3 p.

57 *Domitia*. AHENOBAR. Tête nue à dr. ℞. CN. DOMITIVS. IMP. Trophée sur une proue (21). Arg. TB.

58 *Fabia*. Quadrige (1). *Flaminia*. Bige (1). *Fonteia*. Génie sur Amalthée (9). — Cavalier et deux combattants à pied (17). Arg. — Ens. 4 p. TB.

59 *Furia*. Tête de Janus (18). *Herennia*. Anapias sauvant son père (1) *Hosidia*. Sanglier (1). Arg. — Ens. 3 p. TB.

60 *Hostilia*. Tête de Vercingétorix à dr. ℞. L. HOSTILIVS. SASERNA. Gaulois combattant sur un char (2). Arg. TB.

61 Tête de Vénus ℞. Victoire (5) Arg. FDC.

62 *Julia*. CAES. DIC. QVAR. Buste de Vénus à dr. ℞. COS. QVINQ. dans une couronne de laurier (B. 30. — Cohen 20). Or. B.

63 Quadrige (5). — Eléphant (9). *Junia*. Bige (15). — Tête de Brutus. ℞. Tête d'Ahala (30). — Brutus entouré de licteurs (31). Arg. — Ens. 5 p. TB.

64 *Licinia*. L'enceinte des comices (7). — Cavalier et captif (24). *Livineia*. Chaise curule (11). *Lucretia*. Les Dioscures (1). Arg. — Ens. 4 p. B et TB.

65 *Mallia*. Victoire dans un trige (1). *Mamilia*. Ulysse et son chien (4). *Manlia*. Quadrige (4). Arg. — Ens. 3 p. TB.

66 *Marcia*. Bige (8). — Statue équestre (28). — Silène (42). *Maria*. Colon labourant (9). Arg. — Ens. 4 p. TB.

67 *Memmia*. Tête de Romulus. ℞. Cérès assise à dr. (9). Arg. FDC.

68 Tête de Cérès. ℞. Trophée et captif (10). Arg. TB.

69 *Minucia*. Colonne frumentale (3). — Guerriers combattant (19). *Mussidia*. Vaisseau des cloaques (6). Arg. — Ens. 3 p. B.

70 Tête de César à dr. ℞. L. MVSSIDIVS. LONGVS. Gouvernail, globe, etc. (8). Arg. B.

71 *Naevia*. Trige (6). *Nonia*. Victoire couronnant Rome (1). *Norbana*. Emblèmes (1). *Pinaria*. Bige (1). Arg. B. et TB.

72 IMP. CAESARI. SCARPVS. Main. ℞. AVG. PONT. DIVI. F. Victoire à dr. sur un globe (12). Arg. B. Très rare.

73 *Plaetoria*. Aigle (4). — Caducée (6). — Hache et simpule (12). Arg. — Ens. 3 p. B. La dernière, rare.

74 *Plancia*. Bouquetin (1). *Plutia*. Les Dioscures (1). *Pompeia*. La louve et les jumeaux (1). — Chaise curule (5). Arg. — Ens. 4 p. B et TB.

75 CN. PISO. PROQ. Tête à dr.; sur le diadème, NVMA. ℞. MAGN. PRO. COS. Proue à dr. (8). Arg. Beau.

76 Tête de Rome. ℞. Pompée fils et la Bétique (9). Arg. TB.

77 MAG. PIVS. IMP. ITER. Tête de Neptune à dr. ℞. PRAEF. CLAS. .... MARIT. EX. S.C. Trophée naval (21). Arg. B. Rare.

78 *Porcia*. Quadrige (3). — Victoire (6 et 7). *Postumia*. Tête de l'Espagne (8). — Buste de Diane (9). Arg. — Ens. 5 p. B.

79 Masque de Pan (12). *Roscia*. Tête de Junon (1). *Rustia*. Bélier. (1). *Scribonia*. Puits (8). *Servilia*. Combat (13). Arg. — Ens. 5 p. B.

80 Deux soldats présentant les armes (15). *Sicinia*. Massue et peau de lion (1). *Thoria*. Taureau (1). *Titia*. Pégase (1). Arg. — Ens. 4 p. B.

81 *Titiria* Enlèvement des Sabines (1). *Valeria*. Mars à g. (11). — Valéria Luperca sur une génisse à dr. (17). Arg. — Ens. 3 p. B.

82 *Vergilia*. Quadrige à dr. (1). *Vettia*. Victoire et trophée (1). Arg. — Ens. 2 p.

83 *Vibia*. Tête laurée de Vénus à dr. ℞. C. VIBIVS. VARVS. Vénus à demi-nue, vue de dos près d'une colonne, tenant un miroir (27). Or. B.

84 Quadrige (2). — Jupiter (18). — Panthère et autel (24). *Volteia*. Sanglier (2). Arg. — Ens. 4 p. B et TB.

85 **Empire** (1). IMP. CAESAR. Tête nue à dr. ℞. AVGVSTVS. Autel enguirlandé, orné de deux cerfs (33). Arg. médaillon. TB.

86 Tête nue à dr. ℞. IMP. CAESAR. Quadrige sur un arc de triomphe (123). Arg. TB.

87 Tête radiée à g. ℞. Autel ; dessous, PROVIDENT. Restitution de Titus (559). MB. B.

88 *Tibère*. Tête nue à g. ℞. PONTIF. MAXIM. TRIBVN. POTEST. XXIIII. Autour de S. C. (25). MB. TB.

89 *Claude I*. Tête laurée à dr. ℞. CONSTANTIAE. AVGVSTI. La Constance assise à g. (5). Or. TB.

90 Tête nue à g. ℞. LIBERTAS. AVGVSTA. S. C. La Liberté debout à dr. (47). MB. TB.

91 *Néron*. Tête radiée à dr. ℞. ROMA. S.C. Rome assise à g. (282) MB. B.

92 *Galba*. IMP. SER. GALBA. AVG. Tête nue à dr. ℞. S. P. Q. R. OB. C. S. dans une couronne (286). Or. B.

93 La même pièce (287). Arg. TB.

94 *Othon*. IMP. OTHO. CAESAR. AVG. TR. P. Tête nue à dr. ℞. SECVRITAS. P. R. La Sécurité debout à g. (15). Arg. TB.

95 *Vespasien*. Tête laurée à dr. ℞. EX. S. C. Bouclier sur une colonne funéraire entre deux branches de laurier (148). Or. Beau.

96 *Titus*. Tête laurée à dr. ℞. TR. P. IX. IMP. XV. COS. VIII. P. P. Couronne sur une chaise curule (317). Or. Beau.

97 Tête laurée à dr. ℞. TR. POT. COS. III. CENSOR. Caducée entre deux cornes d'abondance (326). MB. TB.

98 *Domitien*. Buste lauré à dr. ℞. MONETA. AVGVSTI. S. C. La Monnaie debout à g. (326). MB. TB.

99 — *Nerva*. Tête laurée à dr. ℞. Instruments de sacrifice (51). Arg. TB.

100 *Trajan*. Buste lauré à dr. ℞. Deux trophées (Coh. —). MB. TB.

101 *Sabine*. Buste à dr. ℞. VENERI. GENETRICI. Vénus debout à dr. (73). Arg. TB.

102 *Aelius*. T. AELIVS. CAESAR. Tête nue à dr. ℞. TR. POT. COS. II. S. C. L'Espérance debout à g. (57). MB. B.

103 *Faustine mère*. DIVA. FAVSTINA. Buste à dr. ℞. AETERNITAS. L'Eternité debout à g. tenant une patère et un gouvernail sur un globe (2). Or. TB.

---

(1) Les numéros entre parenthèses sont ceux de l'ouvrage de Henri Cohen : *Monnaies frappées sous l'Empire romain*, 2ème édition.

104 *Marc-Aurèle.* Buste nu à dr. ℟. HILARITAS. S. C. L'Allégresse debout à g. (231 var.). MB. TB.

105 *Crispine.* Buste à dr. ℟. LAETITIA. S. C. La Joie debout à g. (28). MB. B.

106 *Albin.* Tête nue à dr. ℟. Rome assise à g. (61). Arg. B.

107 *Septime Sévère.* Buste lauré à dr. ℟. Victoire (714). MB. B.

108 *Plautille.* Buste à dr. ℟. La Concorde (7). Arg. TB.

109 *Macrin.* Buste lauré à dr. ℟. L'Abondance (47). Arg. TB

110 *Maxime.* Buste nu à dr. ℟. Instruments de sacrifice (8). MB. B.

111 *Hostilien.* Buste nu à dr. ℟. Apollon assis (32). MB. B.

112 *Valens.* Buste à dr. ℟. Rome assise (109). Arg. TB.

113 *Magnus Maximus.* Buste à dr. ℟. Rome assise (20). Arg. TB.

114 **Lots.** *Auguste* (434). GB. *Tibère* (24 var.) MB. *Germanicus* (1). MB. *Titus* (108 var.). GB. *Domitien* (515). GB. — Ens. 5 p. AB. et B.

115 *Trajan* (158). GB. — (325). GB. — (436). MB. — (549). GB. — Ens. 4 p. AB. et B.

116 *Adrien.* DISCIPLINA. AVG. S. C. Adrien à dr. suivi d'un héraut et de 3 soldats (542). GB. — (1185). GB. — Ens. 2 p. La première rare.

117 *Antonin* (320). GB. — TIBERIS. S. C. Le Tibre assis à g. (819). GB. *Marc-Aurèle* (92). GB. *Faustine jeune* (193). GB. — Ens. 4 p. B.

118 *Commode* (836). GB. *Alexandre Sévère* (503). GB. *Gordien III* (157). GB. — Ens. 3 p. B. et TB.

119 *Philippe père* (216). GB. *Trajan Dèce* (87). GB. *Valérien père* (110) GB. — Ens. 3 p. B.

MONNAIES ESPAGNOLES

120 *Henri IV de Castille.* ENRICVS. QVARTVS. Le roi assis de face, les pieds sur un lion. ℟ + ENRICVS. DEI. GRACIA. REX. C. Champ écartelé de Castille et de Léon; au bas, CD. Enrique d'or. B.

121 *Alphonse V d'Aragon.* + ALFONSV : D : G : R : ARAG : SICILI : CITRA : VLTRA. Champ écartelé de Naples et d'Aragon. ℟. + : DNS : M : ADIVT : ET EGO : DESPICI : INIMICO : M : Le roi armé, galopant à dr. Ecu d'or de Naples. TB.

122 *Ferdinand et Isabelle.* + FERNANDVS : ET : HELISABET : D : G : REX : ET : REGIN : Bustes couronnés et affrontés; au-dessus, l'aqueduc de Ségovie; au bas, IIII. ℟. SVB : VNBRA : ALARVM : TVARVM : PROTEGET : NO : Ecu couronné sur une aigle nimbée. Quadruple ducat. Or. TB. Rare.

123 + FERNANDVS. ET. ELISABET. DEI. GRACIA. REX. Mêmes bustes; en haut, une étoile; au bas, s. ℟. SVB. VMBRA. ALARVM. TVARVM. ꓶVARAL. Même revers. Double ducat. Or. TB.

124 *Charles-Quint.* CAROLVS. IIIII. ROM. IMP. Buste lauré à dr. ℟. R. ARAG. VTRIVS. Ecu sur l'aigle impériale, Ducat de Naples. Or. TB.

125 *Philippe II.* DOMINVS. MICHI. ADVITOR. Buste nu à dr. ℟. PHS. D. G. HISP. REX. D. TRS. ISSV. Ecu couronné. Demi-réal d'Over-Yssel. Or. TB.

126 PHILIPPVS. REX. HISPANIARVM. Buste cuirassé à dr.; dans le champ, 15-82. ℟. DVX. MEDIO. LANI. ET. C. Ecu couronné de Milan. Ducaton. Arg. TB.

127 *Philippe IV.* PHIL. IIII. D. G. HISP. ET. INDIAR. REX. 1644. Buste couronné à dr. ℟. ARCHID. AVŚT. DVX. BVRG. BRAB. ZC. Ecu couronné. Anvers. Double souverain. Or. Très beau.

128 *Charles II.* CAROL. II. D. G. HISP. ET. IND. REX. Buste couronné à dr. ℟. ARCHID. AVST. DVX. BVRG. BRABAN. Z . 1697. Ecu couronné. Anvers. Double souverain. Or. TB. Rare.

129 CAROLVS. II. HISP. REX. ET. MARIA. ANNA. TVT. ET. G 1666. Bustes accolés à dr. ℟. MEDIOLANI. DVX. ET. C. Ecu couronné sur un cartouche (Heiss. 165. 2). Ducaton de Milan. Arg. B. Rare.

130 *Philippe V.* PHILIPPUS. V. DEI. GRA. Ecu couronné. ℟. HISPANIARUM. REX. F. 8. 1721. Croix dans un quadrilobe. Once d'or. TB.

131 PHILIPPUS. V. D. G. Ecu couronné; dans le champ : R. 8. M. JJ. ℟. HISPANIARUM. REX. 1728. Armes écartelées de Castille et de Léon. Madrid. 8 réaux. Arg. TB.

132 Variété sans lettres dans le champ. 1729. Séville. 8 réaux. Arg. TB.

133 *Louis I.* LVDOVICUS. I. DEI. GRA. Ecu couronné entouré du collier de la Toison d'Or. ℟. HISPANIARUM. REX. F. 8. 1724. Croix dans un quadrilobe. Ségovie. Once d'or. FDC. Très rare.

134 Mêmes types. 1724. Ségovie. Demi once d'or. FDC. Très rare.

135 *Charles III.* CAROLUS. III. etc. 1761. Buste de Ferdinand VI à dr. ℟. NOMINA MAGNI SEQVOR. Ecu couronné. Santiago. Once d'or. TB.

136 Peso de Mexico. 1771. — 4 réaux. Séville 1761. — 2 réaux. Madrid. 1770. Arg. — Ens. 3 p. TB.

137 *Ferdinand VII.* Peso. Cuenca. 1813. — 2 réaux. Séville. 1820. — Réal. Madrid. 1830. — Demi réal. Mexico 1808. Arg. — Ens. 4 p. TB.

138 *Ferdinand, roi des Deux-Siciles.* FERDINANDVS. D. G. SICIL. ET. HIER. REX. Buste à dr. ℟. HISPANIARVM INFANS. 1793. Aigle. Ecu. Arg. B.

139 **Monnaies de nécessité** (1). *Harlem* (Assiégée par le duc d'Albe). Dans le champ, armes de Harlem. Au-dessus, contre-marque avec 3 étoiles; dessous, 1572. Uniface en losange aux angles coupés (XLVI. 5). 30 sols. Arg. TB.

140 *Hollande*. Daldre de Philippe II frappée à Anvers, 1561 avec l'écu de Hollande en contremarque sur le droit (LI. 2 var.). Arg. B.

141 *Leyde* (Assiégée par les Espagnols). Couronne. PVGNO. PRO. PATRIA. 1574. Lion tenant un sabre et l'écu de Leyde; au bas, écu de Hollande en contremarque. ℟. LVG-DVNVM-BATAVO-RVM dans une couronne civique (LXXI. 3). 10 sols. Carton. TB.

142 *Middelbourg* (Délivrance de la ville). Dans le champ, en 5 lignes entre 2 ornements : 1.5.7.4. — LIBERT : REST : — S. P. Q. ZEL : — SOLI. DEO. — HONOR. Uniface en losange; dans l'angle supérieur, écu de Zélande en contremarque (LXXXIV. 15). 50 sols. Arg. TB.

143 *Ziricżée* (Assiégée par les Espagnols). Dans un grènetis : + REGIÆ. MAT. RECONCILIATA. ZIRIZEA. Z^A . IVLY A°. 1576. Uniface, carrée (CXXXII. 19). 30 sols. Arg. TB.

144 *Amsterdam* (Bloquée par les troupes des Etats). Armes couronnées, tenues par deux lions; en haut X-L; au bas, 1578. ℟. P. AR. ET. FO dans une couronne. Flan carré, aux angles coupés; contremarque PG au droit (IV. 6). 40 sols. Arg. TB.

145 Armes couronnées; au-dessous, 1578 et XX; en dessus, un briquet. Uniface, carrée aux angles coupés (V. 20). 20 sols. Arg. TB.

146 Pièce semblable avec 1578 et 10 (V. 24). 10 sols. Arg. TB.

147 *Campen* (Assiégée par les Etats). Ecu de la ville entre ZI-ST. Au-dessus, EXTEMVM-SVBSIDIVM; au dessous, CAMPEN— 1578 Uniface en losange (XXII. 3). 21 sols. Arg. TB.

148 *Cambrai* (Assiégée par les Espagnols). HENRICO. PROTECTORE. Ecu de France couronné, accosté de 9-5. Uniface en losange; dans le coin de g. XX; dans celui de dr. P.; au bas, écu de Balagny, en contremarques (XXII. 13). 20 patards. Cuivre B.

149 *Juliers* (Assiégée par Maurice de Nassau). Estampille renfermant V-I. R — 1610; au-dessus, la valeur : I. Uniface carrée (LXVI. 18). Florin. Arg. TB.

150 *Bréda* (Assiégée par les Espagnols). BREDA. OBSESSA. 1625. Lion. Uniface carrée; dans les angles, 4 contremarques: en haut 60; à g. le cornet d'Orange; à dr. l'écu de Bréda; au bas, une rosace (XVII. 11). 60 sols. Troué. Arg. TB.

151 Même type, mais avec 40 (XVII. 13). 40 sols. Arg. TB.

---

(1) Les numéros entre parenthèses sont ceux de Maillet. *Monnaies obsidionales et de nécessité*.

152 BREDA. OBSES. 1625. Armes de la ville; deux contremarques: en haut, 20; en bas, une rosace (XVIII. 14). 20 sols. Arg. TB.

153 Dans le champ : II — BREDA — OBSSSA ; au-dessous les armes de la ville accostées de 16-25. Uniface en losange (XVIII. 15). 2 sols. Cuivre. TB.

154 *Girone.* Estampille renfermant FER. VII. ℟. Estampille avec GNA — 1808 — UN DURO (XLII. 10). Douro. Arg. TB.

155 *Majorque.* Ecu losangé. ℟. Deux estampilles en relief. FER. — VII; au-dessus, 30 s. et au bas, 1808, en creux. Rectangulaire à angles coupés (LXXVII. 1). 30 sous. Arg. TB.

156 Ecu couronné de Majorque; bordure festonnée. ℟. Le précédent dans une bordure festonnée (2). 30 sols. Arg. TB.

157 Même écu d'un autre coin; bordure cannelée. ℟. FER. VII comme les précédents; au-dessus, 30 S^s et au bas 1808 dans des cartouches; bordure cannelée (4). 30 sous. Arg. TB.

158 *Tarragone.* Ecu couronné de Catalogne. ℟. Quatre estampilles: FER — VII. — 5. PS — 1809. (CVIII. 3). 5 pesetas. Arg. TB.

159 *Tortola.* Fragment triangulaire d'une pièce de 4 réaux, estampillé TORTOLA (non gravé dans M.). Réal. Arg. TB.

160 *Barcelone* (Occupation française). Ecu losangé. 20 pesetas. 1813. Or. TB.

161 5 pesetas. 1809. Arg. TB.

162 2 1/2 pesetas 1809. Peseta 1810. Arg. — Ens. 2 p. TB.

163 4 quartos. 1810. — 1 quarto. 1809. *Catalogne.* 3 quartos. 1810. — 2 quartos. 1814. — 1 1/2 quarto. 1811. Cuivre. — Ens. 5 p. TB.

164 *Zacatécas* (Guerre de l'Indépendance). FERDIN. VII. DEI. GRATIA. 8. R. Ecu aux colonnes; dessous, 1811. ℟. MONEDA. PROVISIONAL. DE. ZACATECAS. Montagne surmontée d'une croix. (CXXVIII. 2). Peso. Arg. TB.

165 La même pièce surfrappée d'une estampille ronde avec le monogramme MO entre 2 étoiles en relief (manque à M). Peso contremarqué par Morélos. Arg. TB. Rare.

166 FERDINANDUS, etc. Ecu aux colonnes, les lions remplacés par des grenades. ℟. Le même varié (3). Peso. Arg. TB. Troué.

167 FERDIN, etc. 2. R. 1813. Ecu aux colonnes. ℟. Même type (manque à M.). 2 réaux. Arg. TB.

168 *Sombrerete* (Vargas). R. CAXA. DE. SOMBRE. Ecu d'Espagne couronné. ℟. VARGAS; dans le champ, 1812 entre 2 monogr. couronnés ; au bas, 3. (Suppl. LXIX. 1). Peso. Arg. B.

169 *Oajaca* (Le Curé Morélos). Dans une guirlande de feuillage MO — 8 R. — 1813. ℞. Arc et flèche entre deux branches; dessous, SUD et ornement. (LXXXIII. 2). Peso. Bas-argent TB. Rare

170 MO. — 2. R. — 1812 entourés de hachures. ℞. SUD. Arc et flèche (S.LVI.2). Deux réaux. — Demi réal (manque à M.). Cuivre. — Ens. 2 p. B. et TB.

171 *Portugal.* Peso de Ferdinand VII. Mexico, 1819, contremarqué aux armes de Portugal. (Cf. 2e s. pl. H. 31). Arg. TB.

172 *Majorque.* Ecu losangé; au-dessous, estampille avec SALUS POPULI. ℞. Quatre estampilles. FR° — VII — 1821 — 30 (LXXVIII. 6). 30 sous. Arg. TB.

173 *Iles Baléares.* 1823. 5 pesetas. Arg. B.

174 *Nicaragua* (En communauté avec Honduras et San Salvador 1849 1851). Peso bolivien de 1836 contremarqué d'un poinçon renfermant 3 montagnes sous le soleil; et au ℞. d'une étoile sur un arc et une flèche (manque à M.). Arg. TB.

175 *Copiapo.* (Assiégée par les Brésiliens et les Argentins). Armes de la ville entre I — P; au-dessus, COPIAPO; au bas, CHILE. ℞. 1865. (S. XXVII. 1). Peso. Arg. TB.

176 Ecu du Chili; au bas, I.P. Uniface (manque à M.). Peso Arg. TB.

177 Même type avec 50 C. Uniface (manque à M.). Demi peso. Arg. TB.

178 *Carthagène* (Assiégée par les Centralistes). 1873, 5 pesetas et 10 reales. Arg. — Ens. 2 p. TB.

MONNAIES MODERNES

ESSAIS. PIÈCES DE FANTAISIE

179 **France**. *Napoléon I.* Tête laurée. 5 francs. 1813. Rouen. Arg. Très belle.

180 2 francs. 1811. — Franc. 1811. — Demi-franc. 1808. — Quart, tête de nègre. 1807. Paris. Arg. — Ens. 4 p. TB. et FDC.

181 *Louis XVIII.* Visite de la monnaie de Marseille par le comte d'Artois. 1814. Module de la pièce de 5 francs. Arg. TB.

182 *Louis-Philippe.* Pièce de 5 francs au revers incus. Arg. TB.

183 2 francs. 1845. Rouen. — Franc. 1847. Paris. — 50 cent. 1845. Rouen. — 25 cent. 1846. Paris. Arg. — Ens. 4 p. FDC.

184 *Henri V.* Son buste à g. Essai de 5 francs. Arg. FDC.

185 Franc. 1831. — Tête nue à g. Demi-franc. 1833. — Quart. 1832. Arg. — Ens. 3 p. FDC.

186 Sa tête nue et barbue à g., signée CAPEL. F. ℞. Le précédent, mais daté 1871 entre un lis et le mot ESSAI. Tranche cannelée. Essai de 5 francs. Arg. FDC.

187 *République*. Tête de Cérès. 5 francs. 1850. Paris. Arg. FDC.

188 Tête couronnée de chêne à g., signée DIEUDONNÉ. F. ℞. LIBERTÉ, ÉGALITÉ, FRATERNITÉ. Couronne mi-partie avec 5 FRANCS; au bas, 1848. Tranche lisse. Essai du concours de 1848. Arg. FDC.

189 Essais de 5 francs par Montagny et par Farochon. Etain. 2 p. FDC.

190 Tête de Cérès à g.; derrière le cou, un faisceau transversal; signé DOMARD. ℞. 10 CENTIMES. 1848 dans une couronne. Sur la tranche: + CONCOURS MONÉTAIRE + PIÉFORT. Essai en piéfort. Cuivre. FDC.

191 Essais de 10 centimes par Dieudonné, Montagny et Rogat. Etain. 3 p. FDC.

192 — Autres de Rogat et anonymes. Cuivre. 3 p. FDC.

193 *Napoléon III*. 5 francs. 1870. Strasbourg. FDC.

194 *A. Thiers*. Son buste à g. entouré d'éteignoirs; au bas, 1685 entre 2 goupillons. ℞. RÉPUBLIQUE FRANÇAISE. Ecusson avec SATORY et l'exécution de Ferré, accosté de 5—F. dans une couronne; au bas, 1872 entre 2 éteignoirs. Tranche lisse. Essai de 5 francs. Arg. FDC.

195 *Mac-Mahon*. MAC-MAHON I SEPTENNAT. Tête nue à g., signée NAPOLÉON F. ℞. RÉPUBLIQUE FRANÇAISE. Ecu entouré d'emblèmes militaires et religieux; au-dessus, LOYOLA; au bas, 5 F. 1874. ESSAI. Sur la tranche: DIEU PUNIT LA FRANCE. Essai de 5 francs. Arg. FDC.

196 *Gambetta*. RÉPUBLIQUE FRANÇAISE. Buste de Gambetta à g. ℞. LES FRANÇAIS UNIS SONT INATTAQUABLES. Génie écrivant à dr., accosté de 5—F. dans une couronne. Tranche lisse. Essai de 5 francs. Arg. FDC.

197 *République*. Tête de Cérès à dr.; au bas, 1881. ℞. 10 CENTIMES dans une couronne; au bas, ESSAI. Nickel. FDC.

198 Tête à g. avec bonnet phrygien; au bas, 1881. ℞. Le même. Essai de 10 centimes. — Autre avec 25 centimes. Nickel. — Ens. 2 p. FDC

199 *La Réunion*. RÉPUBLIQUE FRANÇAISE — ILE DE LA RÉUNION. Tête de Mercure à g. ℞. BON POUR UN FRANC. 1896. ESSAI. — Autre avec 50 CENT. Nickel. — Ens. 2 p. FDC.

200 **Bouillon**. *Philippe d'Auvergne*. PHILIPPE D'AUVERGNE. Buste à g. en uniforme, signé C. M. WERDUN. F. ℞. DUC SOUVERAIN DE BOUILLON. Ecu couronné; au bas, 1815. Tranche cannelée. Essai de 5 francs. Arg. FDC.

201 **Erythrée**. *Humbert I*. Buste couronné à dr. ℟. Aigle. Tallero de 5 lire. Arg. TB.

202 **Espagne**. *Joseph-Napoléon*. Buste nu à g. 1810. ℟. Armoiries couronnées, accostées de 20-R. 20 réaux. Arg. TB.

203 *Amédée I*. Tête nue à g. 1871. ℟. Armes. 5 pesetas. Arg. TB.

204 *Don Carlos*. CAROLUS VII DEI GRACIA. Tête laurée à dr., signée P. BEMBO ; dessous, 1874 entre deux étoiles. ℟. DIOS PATRIA Y REY. Les mots séparés par des étoiles. Ecu d'Espagne couronné, accosté de 5-P. ; au bas 1874. Tranche lisse. Essai de 5 pesetas. Or. FDC.

205 CAROLUS VII REY DE LAS ESPANAS. Même tête signée P. BEMBO ; au bas, petit losange d'Aragon. R. Le précédent. Tranche cannelée. Essai de 5 pesetas. Arg. FDC.

206 Même lég. et même tête ; 1874 à la place du losange. ℟. HISPANIARUM. REX. Même écu, accosté de P-5. Tranche cannelée. Essai de 5 pesetas. Arg. FDC.

207 *Alphonse XIII*. Peso de Porto-Rico — 40 et 20 centavos. Arg. — Ens. 3 p. TB.

208 **Hollande**. *Louis-Napoléon*. Tête à g. ℟. Chevalier debout à dr. 1809. Ducat. Or. FDC.

209 Même droit. ℟. 1810. Armes. Ducat. Or. FDC.

210 **Luxembourg**. *Adolphe*. GRAND DUCHÉ DE LUXEMBOURG. Ecu couronné. ℟. RÉGENCE DU DUC ADOLPHE DE NASSAU. Dans le champ : 5 FRANCS ; au bas, 1889. Tranche cannelée. Essai de 5 francs. Arg. FDC.

211 **Madagascar**. *Ranavona III*. S. M. RANAVONA III. Buste de la reine de face. ℟. ROYAUME DE MADAGASCAR. Grand R couronné ; au bas 1886. Tranche cannelée. Essai du dollar. Arg. FDC.

MÉDAILLES

212 *Révocation de l'Edit de Nantes*. 1685. Le roi debout sur l'Hérésie terrassée. ℟. Légende en 8 lignes. Br. 63 m/m. TB.

213 *Mariage de Marie-Antoinette*. Son buste à dr. signé WILDMAN. ℟. L'Hyménée et l'Abondance sacrifiant sur un autel. 1770. Arg. 44 m/m. TB.

214 *Naissance du duc de Normandie*. Saint-Michel terrassant le démon. ℟. Femme assise à dr. écrivant sous un palmier. 1785. Arg. 41 m/m. TB.

215 *Bonnes Gens de Canon*. La bonne mère. Arg. 33 m/m. TB

216 *Fédération martiale*. Armes de Lyon. 1790. ℟. TEMPLE DE LA CONCORDE. Temple au pied d'une montagne. Arg. 40 m/m. TB.

217 *Louis XVI et Marie-Antoinette*. Bustes accolés à dr. ℞. La scène des adieux au Temple. 1793. Br. 48 m/m. TB.

218 *Paix de Lunéville*. La Paix debout à g. ℞. Mars désarmé par Minerve. 1801. Arg. 36 m/m. TB.

219 *Nicolas Spedalieri*. 1809. Buste à g. ℞. HEIC VERITAS HEIC SAPIENTIA. La Science assise à dr. devant une torchère. Br. 68 m/m. TB.

220 *Naissance du roi de Rome*. Têtes accolées de Napoléon et de Marie-Louise. ℞. Tête du roi de Rome à g. 1811. Br. 40 m/m. TB.

221 *Paix de Paris*. 1814. La Paix arrêtant Mars. ℞. Les 6 écus des Puissances alliées. Br. 56 m/m. TB.

222 *L'Armée anglaise à Paris*. 1815. Tête de Wellington à dr. ℞. Le Louvre. Br. 40 m/m. TB.

223 *La Bourse et le Tribunal de Commerce*. 1825. Têtes accolées de Louis XVIII et de Charles X à g. ℞. La ville de Paris accueillant la Justice et Mercure devant le Palais de la Bourse. Arg. 68 m/m. TB.

224 *Louis-Philippe*. Chambre des Pairs. Tête du roi couronnée de chêne à dr. ℞. CHAMBRE DES PAIRS dans une couronne de laurier. Arg. 56 m/m. TB.

225 Chambre des Députés. 1844. Tête du roi couronnée de laurier et de chêne, à g. ℞. Allégorie à cinq personnages. Arg. 52 m/m. TB.

226 *Houillères de la Chazotte*. 1845. Mineur debout. Arg. 41 m/m. TB.

227 *Napoléon III*. Corps législatif. Tête nue à g. ℞. DE MONTJOYEUX (NIÈVRE) dans une couronne. 1859. Arg. 50 m/m. TB.

228 *Annexion de la Savoie et de Nice*. 1860. Tête laurée à g. ℞. La France accueillant les deux Provinces. Arg. 73 m/m. TB

229 *Abd-el-Kader*. Buste de trois-quarts à g. en burnous. ℞. Inscription dans un entourage d'ornements. 1862. Br. 75 m/m et anneau. TB.

230 *République*. Méd. de député. 1877. Tête laurée et couverte de la peau de lion, à dr. ℞. GAGNEUR (JURA) dans une guirlande de chêne. Arg. 51 m/m. TB.

231 — Buste de République à dr. par BOURGEOIS. ℞. ADRIEN BASTID (CANTAL). 1889. Arg. 50 m/m. TB.

232 *Comité de Vaccine du Nord*. Buste de Jenner. Arg. 36 m/m. TB.

233 — Autre module. Arg. 41 m/m. TB.

234 *Barreau de Paris*. La Loi debout. ℞. CONSEIL DE L'ORDRE. MR BEAUPRÉ. ÉLECTION DE 1885 dans une couronne de laurier. Arg. 41 m/m. TB.

235 *Angers*. Caisse d'épargne. Allégorie par PATEY. ℞. Ruche et écusson au pied d'un chêne. Arg. 40 m/m. TB.

236 *Concours de tir.* 1891. Le groupe Gloria Victis d'après Mercié. ℞. La ville de Lyon signée NAUDE. Arg. 58 m/m. TB.

237 *Monaco.* Charles III. Tête à dr. par PONSCARME. ℞. Légende en 9 lignes. 1875. Arg. TB.

238 *Paris-Lyon-Méditerranée.* L'Amour unissant les trois femmes emblématiques, signé ROTY. ℞. La gare de Paris. Plaquette 59 sur 44 m/m. Arg. TB.

239 *Chambre de Commerce de Saint-Nazaire.* Amphitrite assise au bord de la mer. Signé ROTY. ℞. Armoiries au-dessus du port. Octog. Arg. 45 m/m. TB.

240 **Décorations.** *Croix de Saint-Louis.* Email et or. TB.

241 *Guerres contre la France.* Tête laurée de François II à dr. ℞. Légende en 8 lignes dans une couronne de chêne. 1797. Arg. 39 m/m et bélière. TB.

242 Même tête. ℞. Légende en 6 lignes dans une couronne de laurier. 1797. Arg. 39 m/m et bélière. TB.

243 Même tête. ℞. Légende en 5 lignes dans une couronne de laurier. 1796. Arg. 35 m/m et bélière. TB.

244 *Campagnes de 1813-1814.* Médaille militaire en forme de croix. Bronze, en partie dorée et anneau de suspension. TB.

244 *bis Villes hanséatiques 1813-1814.* Ecus de Brême, Lübeck et Hambourg. Arg. 36 m/m. L'anneau enlevé. TB.

245 *Ordre du lys.* Insigne nacre; anneau or. TB.

246 *Croix de Juillet.* Argent en partie doré et émail. TB. Rare.

247 *Les Trois Glorieuses.* Coq et drapeau. ℞. Trois couronnes. 1830. Arg. 33 m/m. TB.

248 *Légion d'honneur.* Croix de 1848 sans couronne. Buste de Bonaparte. ℞. Deux drapeaux. Or. Arg. et émail. TB.

249 *Médaille de dévouement.* Tête de Louis-Philippe à g. ℞. A. LACOUR, etc. ROQUEMAURE (GARD). 1837. Le Courage et l'Humanité tenant une couronne. Arg. 52 m/m et anneau. TB.

250 Même droit. ℞. Même type. DUBUS LOUIS. A ROUEN. 1846 Arg. 37 m/m. TB.

251 Même droit. ℞. Variété. A LAMOTTE. etc. 1847. Arg. 43 m/m. et anneau. TB.

252 Tête laurée de Napoléon III à dr. ℞. La Navigation et Mercure. A. J.B.C. TRICON, etc. 1868. Arg. 43 m/m. TB.

253 Tête de République à g. par BARRE. ℞. A PIERRE RUELLOT. etc. 1877. Arg. 33 m/m. TB.

254 Mêmes types avec CHANU. etc. 1857-1879. Arg. 27 m/m. et bélière. TB.

255 *Médaille du travail.* Tête ailée de République par PONSCARME. ℞. CH. CLISSON. 1888. Enclume, etc. Arg. 27 m/m. et anneau. TB.

256 Tête de République par BORREL. ℟. A. MOREAU. 1901 sur un cartouche. Arg. 27%. et anneau. TB.

257 *Médaille de sauvetage.* Tête de République par ROTY. ℟. La Renommée aptère. PRUGENT. etc. 1906. Arg. 27%. et anneau. TB.

JETONS

258 **Conseil du roi.** Ecu de France. ℟. FVLGET QVOCVNQVE MOVETVR. 1637. Miroir sous le soleil. Arg. TB.

259 *J.B. Noyel.* 1723. Ecu à ses armes. Cuivre. TB.

260 **Substituts au grand Conseil.** *Louis XV.* Buste à dr. ℟. REGI CIVIBVS ARIS. 1755 dans une couronne de chêne. Arg. TB.

261 **Secrétaires du roi.** *Louis XIV.* Tête à dr. ℟. Soleil et abeilles 1693. — Variété. 1705. Arg. — Ens. 2 p. TB.

262 *Louis XV.* Buste à dr. ℟. Soleil et abeilles. 1724. — Autre. 1731. Arg. — Ens. 2 p. TB.

263 **Avocats aux Conseils.** *Louis XV.* Tête laurée à dr. R. Quatre aiglons sous le soleil. 1751. Arg. TB.

264 **Huissiers au grand Conseil.** *Louis XIII.* Ecus de France et de Navarre. ℟. VNICO VNIVERSVS. Sceptre et main de justice entre 4 lis; au bas : H. MAG. CONC. 1637. Arg. TB.

265 *Louis XIV.* Buste à dr. ℟. HVISSIERS. etc. Même type varié. Arg. TB.

266 **Trésorier général des guerres.** Les 2 écus. ℟. VNDE INTONVIT. 1635. F. C. Arc-en-ciel. Arg. TB.

267 **Trésoriers de la Gendarmerie.** *Paparel.* Buste de Louis XIV. ℟. CESSANDO. MINATVR. 1679. Dextrochère tenant une épée. Arg. TB.

268 **Procureurs des Comptes.** *Louis XIV.* Tête à dr. ℟. PROCVRANT. SOLITA. RATIONE. QVIETEM. 1708. Nid d'alcyons sur la mer. Arg. TB.

269 **Bourse commune des Procureurs.** *Louis XV.* Tête à dr. ℟. Essaim, ruche et fleurs. Arg. TB.

270 **Trésor royal.** *Louis XIV.* Tête à dr. ℟. Torrent tombant d'un rocher. 1714. Arg. TB.

271 *Louis XV.* Le Nil couché. 1720. — Lauriers. 1723. Arg — Ens. 2 p. TB.

272 — Machine hydraulique. Arg. TB.

273 *Louis XVI.* Buste à dr. ℟. TRÉSOR ROYAL dans une couronne de laurier. Octog. Arg. TB.

274 **Chambre aux deniers.** *Louis XIV.* Ruche et essaim. 1710. Arg. TB.

275 *Louis XV*. Deux cornes d'abondance renversées. Arg. TB.

276 **Trésorier de l'épargne**. *Cl. de Guénégaud*. Ecu à ses armes. ℟. LAETA DEVM PARTV. 1644. Cybèle dans un bige de lions. Arg. TB.

277 **Trésorerie générale des fermes**. Les deux écus. ℟. Tête de Janus entre deux cornes d'abondance. 1628. Arg. TB.

278 **Cour des Aides**. *Ja. et Cl. de Bèze*, 1707-1714. Ecu à leurs armes. ℟. IUSTUM RECTUMQUE TUETUR. La Justice debout. Cuivre. TB.

279 **Parties casuelles**. Les deux écus. ℟. Deux mains jetant des monnaies dans un coffre-fort. 1633. Arg. TB.

280 *Louis XV*. Moissonneur agenouillé à dr. 1753. Arg. TB.

281 **Syndics généraux**. *Louis XV*. Tête à dr. ℟. Massue entre deux épées sur champ fleurdelisé. 1737. Arg. TB.

282 **Procureurs de la Cour**. *Louis XV*. Buste à dr. ℟. La Justice assise à g. Arg. TB.

283 **Procureurs au Châtelet**. Louis XVI. Buste à g. ℟. Le char de l'Aurore. 1766. Arg. TB.

284 **Commissaires du Châtelet**. *Mouricault*. Ecu à ses armes. 1779. ℟. Vue du Châtelet et de la Cité. 1749. Arg. TB.

285 **Huissiers du Parlement**. *Louis XVI*. Buste à g. ℟. Aigle portant un foudre. Arg. TB.

286 **Huissiers à cheval**. *Louis XV*. Buste lauré à dr. ℟. EQUES PATRONUS NON DEGENERUM. 1731. Saint Martin et le pauvre. Arg. TB.

287 *Louis XVI*. Buste à g. ℟. SOLIS INFENSUS INIQUIS. 1761. Aigle portant le foudre. Arg. TB.

288 **Prévôts des marchands**. *Moreau*, 2me *prévôté*. Ses armes. ℟. CVI CESSERIT ARGO. 1636. Vaisseau. Arg. TB.

289 *Cl. Bosc*, 2me *prévôté*. Armes de Paris. 1700. ℟. Statue équestre. Arg. TB.

290 *Castagnère*. Son écu. ℟. Armes de Paris. 1721. Arg. TB.

291 — Autre, daté 1723. Arg. TB.

292 *Turgot*, 4me *prévôté*. Ses armes. 1748. *De Bernage*, 5me *prévôté*. Ses armes. 1753. Arg. — Ens. 2 p. TB.

293 *Bignon*, 4me *prévôté*. Ses armes. 1771. *La Michodière*, 2me *prévôté*. Ses armes. 1773. Arg. — Ens. 2 p. TB.

294 **Conseillers de ville**. *Louis XIV*. Tête à dr. ℟. Bouquet. 1702. Arg. TB.

295 **Syndics généraux des rentes**. *Louis XIV*. Tête à dr. ℟. Façade de l'Hôtel de Ville. 1707. Arg. TB.

296 **Contrôleurs des rentes**. *Louis XIV*. Buste à dr. ℟. Main comptant des jetons sur une table. 1707. Arg. TB.

297 **Payeurs des rentes**. *Louis XV*. Tête laurée à dr. ℟. L'Abondance assise à g., comptant des monnaies et vidant sa corne. 1764. Arg. TB.

298 **Syndics des tontines**. Louis XV. Buste lauré à dr. ℟. VIGILANS ET CUSTOS. Grue. Arg. TB.

299 **Doyens**. *Fr. Vernage*. Buste de Fagon à g. ℟. Armes de la Faculté. 1703. Cuivre. TB.

300 *Reneaume*. Buste à g. ℟. Les trois cigognes. 1734-35-36. Cuivre. TB.

301 *Col de Vilars*. Buste à dr. ℟. Ecu de la Faculté. 1741-42. Cuivre. TB.

302 *J.-C. des Essarts*. Buste à g. ℟. Légende en 11 lignes dans le champ. 1777. Arg. TB.

303 *Th. Le Vacher*. Buste à dr. ℟. Ses armes. 1779-80. Cuivre. TB.

304 **Référendaires au Sceau de France**. *République*. Tête de Cérès à dr. ℟. Armes de l'Empire sur des emblèmes. Octog. Arg. TB.

305 La Justice assise à g. ℟. RÉFÉRENDAIRES, etc., dans une couronnne. Octog. Arg. TB.

306 **Conseil des prises**. *Avocats*. Tables de la Loi. Octog. Arg. TB.

307 **Avocats aux Conseils**. Buste de Louis XVIII à dr. ℟. Tables de la Loi. Octog. Arg. TB.

308 Buste varié. ℟. Couronne de lauriers. Octog. Arg. TB.

309 **Tribunal de Cassation**. *Avoués*. Couronne de chêne. ℟. VIR PROBUS LEGUM PERITUS. Tables de la Loi. Octog. Arg. TB.

310 **Tribunal de première instance**. *Avoués*. La Loi assise de trois quarts à g. 1801. Octog. Arg. TB.

311 La Loi assise à g. 1802. ℟. Un soleil au-dessus de la légende en 8 lignes. Octog. Arg. TB.

312 — Variété sans le soleil; même date. Octog. Arg. TB.

313 Tête de Louis XVIII à g. ℟. Légende dans une couronne de laurier. 1825. Octog. Arg. TB.

314 Tête de Louis-Philippe à dr. ℟. Légende dans une couronne de laurier. 1830. Octog. Arg. TB.

315 *Huissiers*. La Justice debout de face. ℟. Œil rayonnant et légende dans une couronne de chêne et de laurier. An 10. Octog. Arg. TB.

316 **Commissaires-priseurs**. *Napoléon I*. Tête laurée à dr. ℟. La Justice assise à g. Octog. Arg. TB.

317 *Louis XVIII*. Tête à g. ℟. Le précédent. Octog. Arg. TB.

318 *République*. Tête diadémée à g. ℟. Le précédent. Octog. Arg. TB.

319 **Agents de change**. Allégorie par Roty. ℟. Miroir, serpent et lauriers, au-dessus de la Ville de Paris. 1898. Arg. TB.

320 **Courtiers de Commerce et d'Assurances**. *Louis-Philippe*. Tête à dr. ℞. Mercure assis devant le palais de la Bourse. 1833. Arg. TB.

321 **Caisse d'Escompte**. 1776. La Fortune assise, soulevant le couvercle d'un coffre-fort. ℞. Caducée dans une guirlande. Octog. Arg. TB.

322 Autre. La Fortune désigne des sacs d'argent dans le coffre. ℞. Caducée entre deux cornes d'abondance dans une guirlande. Octog. Arg. TB.

323 Variété sans date; près de la Fortune, une ancre. ℞. Mêmes emblèmes d'un style différent, sans guirlande. Octog. Arg. TB.

324 Femme tenant une lampe devant un coq, posé sur un cippe. ℞. Légende en 6 lignes. An VI. Octog. Arg. TB.

325 Tête du premier Consul à dr. 1802. ℞. Même femme avec le coq; autre style. An VI. Octog. Arg. TB.

326 **Caisse patriotique**. 1791. Mercure et la Liberté se donnant la main. Octog. Arg. TB.

327 **Caisse générale du commerce**. 1837. Tête de Laffitte à dr. Octog. Arg. TB.

328 **Caisse d'Union Commerciale**. 1846. Allégorie. Octog. Arg. TB.

329 **Banque internationale**. Grand monogramme. Octog. Arg. TB.

330 **Banque Franco-Egyptienne**. Monogramme. Octog. Arg. TB.

331 **Banque d'Escompte**. 1878. Armes de Paris entourées d'emblêmes. Octog. Arg. TB.

332 **Dépots et Comptes-Courants**. Décret du 6 juillet 1863. Octog. Arg. TB.

333 **Crédit industriel**. 1859. Femme debout. Octog. Arg. TB.

334 **Notaires des départements**. 1840. Tête de Napoléon Ier. Arg. TB.

335 **Algérie**. *Banque*. Femme et arabe se donnant la main près d'un palmier. Octog. Arg. TB.

336 **Amiens**. *Chambre de Commerce*. Buste de Colbert à dr. Octog. Arg. TB.

337 **Les Andelys**. *Notaires*. Buste de Minerve à g. Octog. Arg. TB.

338 **Auxerre**. *Caisse d'Escompte*. 1854. Tête de Mercure à g. Arg. TB.

339 **Baccarat**. *Caisse d'épargne*. 1835. Armoiries. Octog. Arg. TB.

340 **Béthune**. *Notaires*. La Justice assise à g. Octog. Arg. TB.

341 **Blois**. *Notaires*. La Justice assise à g. Octog. Arg. TB.

342 — Variété de coin du précédent. Octog. Arg. TB.

343 — Autre variété. Octog. Arg. TB.

344 **Bordeaux**. *Agents de change*. 1835. Armoiries. ℟. Monument. Octog. Arg. TB.

345 *Banque*. 1819. Monument. ℟. Caducée et cornes d'abondance. Octog. Arg. TB.

346 *Notaires*. Tête nue de Louis-Philippe à g. ℟. La Justice assise à g. Octog. Arg. TB.

347 **Ile Bourbon**. *Caisse d'Escompte*. Tête de Charles X à g. Octog. Arg. TB.

348 **Brest**. *Notaires*. Couronne de laurier. Arg. TB.

349 **Caen**. *Comptoir national*. 1848. Ancre, trident et caducée. Octog. Arg. TB.

350 **Dieppe**. *Notaires*. Tête de Louis-Philippe à dr. Octog. Arg. TB.

351 La Justice assise à g. Octog. Arg. TB.

352 Tables de la Loi. 1852. Octog. Arg. TB.

352 *bis*. Variété de coin. 1852. Octog. Arg. TB.

353 **Evreux**. *Notaires*. Buste de Louis XVIII à g. par Gatteaux. ℟. Ecu de France. Octog. Arg. TB.

354 **Falaise**. *Comptoir d'Escompte*. 1858. Armoiries. Octog. Arg. TB.

355 **Fontainebleau**. *Notaires*. Tables de la Loi. Octog. Arg. TB.

356 **Gien**. *Notaires*. Tête de Louis-Philippe à dr. ℟. Balances. Octog. Arg. TB.

357 Tête de la République à g. ℟. Même. Octog. Arg. TB.

358 **Le Hâvre**. *Conseil Municipal*. Tête de Louis XVIII à g. 1819. ℟. Armoiries. Octog. Arg. TB.

359 Tête laurée de Charles X à g. ℟. Armoiries. 1828. Octog. Arg. TB.

360 *Avoues*. Armoiries. 1894. ℟. La Justice assise à g. Octog. Arg. TB.

361 *Chambre de Commerce*. An XI. Armoiries entourées d'emblèmes. Arg. TB.

362 Tête de Louis-Philippe à g. ℟. Entrée du port. Octog. Arg. TB.

363 **Lille**. *Banque*. 1836. Tête de Louis-Philippe à g. Octog. Arg. TB.

364 *Comptoir d'Escompte*. 1854. Armoiries. Octog. Arg. TB.

365 *Caisse Commerciale*. 1865. La Ville de Lille assise à g. Octog. Arg. TB.

366 *Caisse d'épargne*. 1834. Armoiries. Octog. Arg. TB.

367 **Louviers**. *Notaires*. Buste de Saint Louis couronné à dr. ℟. Parchemin. Octog. Arg. TB.

368 **Lyon**. *Les 18 Conseillers du Commerce*. 1702-1880. Arg. TB.
369 *Avoués près le Tribunal de 1ère instance*. 1851. Arg. TB.
370 *Agents de change*. 1816, coin de Droz. 2 p. légèrement variées. — Autre, coin de Barre. — Ens. 3 p. Arg. TB.
371 *Notaires*. Armes impériales. 1805. Arg. TB.
372 — Armes royales. 1812. Arg. TB.
373 *Banque*. 1835. Armoiries. Octog. Arg. TB.
374 *Comptoir d'escompte*. 1854. Femme casquée assise. Arg. TB.
375 *Caisse d'épargne*. Armes. ℟. Abeille. 1822. Arg. TB.
376 — Mêmes types. Autre coin. Octog. Arg. TB.
377 **Marseille**. *Banque*. 1836. Octog. Arg. TB.
378 **Meaux**. *Notaires*. Tete de Louis-Philippe à g. Octog. Arg. TB.
379 **Melun**. *Notaires*. Tète de Louis-Philippe à g. Octog. Arg. TB.
380 **Montpellier**. *Caisse d'épargne*. Armoiries. Octog. Arg. TB.
381 **Narbonne**. *Notaires*. Armoiries. Octog. Arg. TB.
382 **Pontivy**. *Caisse d'épargne*. 1837. Armoiries. Arg. TB.
383 **Pontoise**. *Notaires*. 1816. Armes royales. Octog. Arg. TB.
384 **Rambouillet**. *Huissiers*. La Justice à dr. Octog. Arg. TB.
385 **Reims**. *Huissiers*. Arg. TB.
386 **La Rochelle**. *Chambre de Commerce*. Tète de Charles X à dr. Arg. TB.
387 — Tête de Louis-Philippe à g. Arg. TB.
388 — Tète nue de Napoléon III à g. Arg. TB.
389 — Vue du port de La Rochelle. Arg. TB.
390 **Rouen**. *Prieur et juges consuls*. Tète de Louis XVI. Arg. TB.
391 **Saint-Quentin**. *Comptoir*. 1846. Octog. Arg. TB.
392 **Saumur**. *Notaires*. Tables de la Loi. Arg. TB.
393 **Sens**. *Notaires*. Buste de Saint Louis. Octog. Arg. TB.
394 **Soissons**. *Notaires*. Armes royales. Octog. Arg. TB.
395 **Tours**. *Notaires*. Armes royales. Octog. Arg. TB.
396 — Armes de la ville. Octog. Arg. TB.
397 **Troyes**. *Avoués*. La Justice assise de face. Octog. Arg. TB.
398 *Caisse d'Escompte*. Tête de Mercure. 1854. Octog. Arg. TB.
399 **Versailles**. *Avoués*. Tables de la Loi. Octog. Arg. TB.
400 *Huissiers*. Tables appuyées sur un lion. 1825. Octog. Arg. TB.
401 **Villefranche**. *Avoués*. Armoiries. Arg. TB.
402 **Vitry-le-François**. *Notaires*. Tête laurée de Henri II. Octog. Arg. TB.

IMPRIMERIE C. CHAUFOUR
8-10, RUE MILTON, PARIS

www.ingramcontent.com/pod-product-compliance
Ingram Content Group UK Ltd.
Pitfield, Milton Keynes, MK11 3LW, UK
UKHW020224180726
13838UKWH00005B/2178